AF346717

VENTE DU SAMEDI 9 FÉVRIER 1901

HOTEL DROUOT, SALLE N° 8

à deux heures

OBJETS DE CURIOSITÉ

ET

D'AMEUBLEMENT

DU TONKING

ARMES, STATUETTES, OBJETS DIVERS, ÉTOFFES

MEUBLES EN BOIS DUR

Avec incrustations de nacre

CÉRAMIQUE ET BRONZES DE L'EXTRÊME-ORIENT

EXPOSITION PUBLIQUE

LE VENDREDI 8 FÉVRIER 1901

DE 1 HEURE 1/2 A 5 HEURES 1/2

COMMISSAIRE-PRISEUR	EXPERTS
Me PAUL CHEVALLIER	MM. MANNHEIM
10, rue Grange-Batelière, 10	7, rue Saint-Georges, 7

CONDITIONS DE LA VENTE

Ellé sera faite au comptant.

Les acquéreurs paieront *dix pour cent* en sus des adjudications.

L'exposition mettant le public à même de se rendre compte de l'état et de la nature des objets, il ne sera admis aucune réclamation une fois l'adjudication prononcée.

Paris. — Imp. de l'Art, E. Moreau et Cⁱᵉ, 41, rue de la Victoire.

DÉSIGNATION

CÉRAMIQUE

1 — Pot ovoïde, émaillé rouge, à décor de pieuvres. Porcelaine du Japon.

2 — Grand vase flambé violet à lambrequins. Porcelaine du Japon.

3 — Paire de vases flambés. Porcelaine de Chine.

4 — Carafe de pipe, en ancien céladon gris craquelé de la Chine.

5 — Deux tabourets, forme tonnelet. Porcelaine de Chine.

6 — Flacon à thé, deux tasses et plateau, porcelaine de Chine, décor bleu. Provenant de la Cour de Hué.

7 — Paire de potiches avec couvercles, ancienne porcelaine de Chine, décor bleu. Provenant de la Cour de Hué.

BRONZES

8 — Deux petits cornets à base carrée, à décor de motifs irréguliers, bronze. Japon.

9 — Petite théière, à décor de quadrillés, bronze. Tonking.

10 — Shibachi, cuivre gravé. Tonking.

11 — Shibachi, cuivre uni. Tonking.

12 — Sonnette à poignée à mascaron, bronze. Tonking.

13 — Deux buires, base ajourée, caractères d'écriture, bronze. Tonking.

14 — Très petit brasero, bronze jaune. Tonking.

15 — Brûle-parfums, motifs irréguliers, bronze. Tonking.

16 — Petite théière, bronze, surmontée d'un chien de Fô. Tonking.

17 — Petite théière, bronze, décorée de bambous. Tonking.

18 — Théière cotelée, en bronze. Tonking.

19 — Jardinière ronde, décor de dragons, bronze. Tonking.

20 — Petite théière, cuivre uni. Tonking.

21 — Théière, décorée de fleurs, bronze. Tonking.

22 — Chandelier de temple, bronze. Tonking.

23 — Paire de petits cornets, bronze. Tonking.

24 — Shibachi, bronze. Tonking.

25 — Boîte longue cuivre, avec applications, caractères chinois. Tonking.

26 — Deux buires en bronze noir, à décor de caractères d'écriture et fleurs. Ancien travail du Cambodge, provenant des ruines d'Angkor. Ont figuré à l'Exposition de 1900.

27 — Miroir japonais en bronze, orné d'armoiries ; pied en bois sculpté du Tonking. Provenant de la pagode de Pnom-peng. A figuré à l'Exposition de 1900.

28 — Chien de Fô en bronze du Japon.

29 — Statuette de diable, bronze du Japon.

30 — Cornet, bronze vert du Japon : oiseaux et dragons.

31 — Vase à goulot étroit, bronze vert du Japon : oiseaux.

32 — Cornet, bronze du Japon : raisin et rats.

33 — Vase, bronze vert du Japon : poisson.

34 — Pipe cambodgienne, à fourneau de bronze ciselé.

35 — Cornet, bronze, décor de bambous. Tonking.

36 — Petite bouteille avec pied, bronze. Tonking.

37 — Petit cornet, bronze. Tonking.

38 — Cloche de pagode en bronze, décor d'inscriptions. Tonking. Montée en jardinière en bambou.

39 — Garniture de trois pièces : brûle-parfums et deux chandeliers, cuivre jaune. Travail chinois ancien. Provenant de Nam-Din. Tonking.

ARMES

40 — Sabre d'abatis cambodgien.

41 — Paire de lances, monture cuivre à tête de dragon ; fourreau, cuir laqué. Garde du gouverneur de Hanoï. Prise de Hanoï, 1883.

42 — Trois lances, dont une avec fourreau. Prise de Sontay, 1883.

43 — Autre paire de lances. Prise de Hué, 1883.

44 — Paire de sabres d'exécution. Prise de Hanoï, 1883.

45 — Sabre d'exécution. Prise de Hong-Hoa, 1884.

46 — Treize lances annamites. Prise de Sontay, 1883.

47 — Épée, poignée ivoire, à caractères chinois et fleurs ; monture, argent. Prise de Sontay, 1883.

48 — Sabre, fourreau bois de fer incrusté de nacre; poignée, ivoire sculpté; monture argent. Prise de Hung-ien.

49 — Sabre, poignée formée de fragments de molaires d'éléphants; monture argent.

50 — Sabre, poignée d'ivoire uni; monture argent. Prise de Nam-Din, 1883.

51 — Paire d'épées, fourreau bois de fer, incrusté de nacre, poignée ivoire sculpté, à caractères chinois et fleurs; monture argent. Prise de Sontay, 1883.

52 — Épée, fourreau bois de fer, poignée ivoire sculpté; monture argent. Prise de Nam-Din, 1883.

53 — Paire d'épées, fourreaux bois de fer, incrusté de nacre, poignée en corne de cerf sculptée; monture argent ciselé. Prise de Hué, 1884,

54 — Sabre, fourreau et poignée, bois de fer incrusté de nacre; monture argent. Prise de Sontay, 1883.

STATUETTES

55 — Figurine de Bouddha, bois laqué. Ancien travail du Tonking.

56 — Statuette de temple : Femme assise, bois laqué. Tonking.

57 — Statuette de Bouddha, bois doré. Ancien travail du
Tonking. Provenant d'une ancienne pagode de Hanoï.

58 — Deux statuettes d'adorateurs, en bois laqué et doré.
Provenant d'une ancienne pagode de Hanoï, 1883.

59 — Statuette de saint bouddhique, assis, bois doré.
Tonking.

60 — Groupe de statuettes, bois sculpté et doré, dit paradis
de Bouddha.

OBJETS DIVERS

61 — Quatre fragments de galerie ajourée, bois doré. Tonking.

62 — Deux plaques de reliure, bois dur avec incrustations
de nacre. Travail du Tonking. Ont figuré à l'Exposition
de 1900.

63 — Plateau oblong, en bois dur, avec incrustations de
nacre. Travail tonkinois. A figuré à l'Exposition de 1900.

64 — Croix en ébène, avec applications de nacre, à décor
de branchages. Travail tonkinois. A figuré à l'Exposition de 1900.

65 — Pipe à eau, ivoire. Tonking.

66 — Pipe à eau, bambou. Tonking.

67 — Balance à opium, en argent, dans un étui en bois de
fer, incrusté de nacre.

68 — Deux couteaux à bétel, poignée formée d'une défense
de sanglier, montée argent. Tonking.

69 — Pipe à eau, bois de fer incrusté de nacre, monture argent. Tonking.

70 — Paire de supports de hamac, ivoire.

71 — Plateau carré, ivoire ajouré, monture argent. Ancien
travail du Tonking.

72 — Cachet chinois, ivoire sculpté.

73 — Huit cachets chinois, pierre de lard.

74 — Paire de grands éventails de pagode.

75 — Paire de petits éventails de mandarins.

76 — Brûle-parfum japonais, métal.

77 — Six petits panneaux laqués, à décor doré. Tonking.

78 — Deux plaques de pagode, bois sculpté, laqué et doré;
caractères sur fond rouge.

79 — Huit panneaux laqués noir, décor or. Tonking.

80 — Quatre panneaux ajourés, laqués et dorés. Tonking.

81 — Deux plateaux à thé, ovales, bois de fer incrusté de nacre. Tonking.

82 — Autre plateau octogone. Même travail.

83 — Panneau rectangulaire. Même travail.

84 à 86 — Trois boîtes oblongues variées, même travail, dont deux montées, argent.

87 — Plateau oblong, à pieds, même travail ; monture, argent.

88 — Boîte à bétel, laque incrustée de nacre. Ancien travail du Tonking.

89 — Boîte à bétel avec son plateau, laque incrustée de nacre. Ancien travail du Tonking.

90 — Six emblèmes du pouvoir royal, laque rouge et or. (De la pagode de l'esprit du roi. Hanoï.)

91 — Sept autres plus petits.

92 — Plat, décoré de dragons, émail peint annamite. Provenant de la cour de Hué.

93 — Plateau quadrilobé. Même travail.

94 — Arbuste dans une jardinière en argent, ornée de fleurs et d'oiseaux en or. Provenant de Hué.

95 — Buste de mandarin tonkinois en terre cuite peinte. Signé : *Steiner*.

96 — Deux panneaux, soie, encadrements à personnages.

97 — Autre, soie, encadrements, dragons.

98 — Autre, personnages.

99 — Autre, grand caractère d'écriture, orné de personnages.

MEUBLES .

100 — Deux socles, bois sculpté; dessus en marbre. Chine.

101 — Deux autres socles chinois.

102 — Cabinet en bois dur, ajouré et sculpté à décor de feuillages et rinceaux. Ancien travail du Tonking. A figuré à l'Exposition de 1900.

103 — Quatre fauteuils, bois de fer sculpté et incrusté de nacre. Provenant de la Cour de Hué. 1884.

104 — Écran, bois de fer incrusté de nacre, présentant le portrait du vice-roi du Tonking en 1890.

105 — Table ovale, bois de fer incrusté de nacre, fleurs et scènes guerrières, pied sculpté. Provenant du vice-roi du Tonking.

106 — Table carrée, laque noire incrustée de nacre avec parties sculptées en bois doré, décor de caractères chinois. Provenant du vice-roi du Tonking. 1884.

107 — Petit cabinet, bois de fer incrusté de nacre, fleurs et caractères chinois. Provenant de Hanoï.

108 — Cabinet, bois de fer incrusté de nacre et sculpté, fleurs et attributs. Provenant de Nam-Din. Tonking. 1883.

109 — Grand cabinet en bois de fer incrusté de nacre; fleurs, combats. Exposé en 1878 à l'Exposition Universelle par le roi d'Annam.

110 — Cabinet en bois de fer incrusté de nacre: paysages, fleurs. Provenant de la Cour de Hué. 1884.

111 — Petit cabinet en bois de fer incrusté de nacre, servant de bibliothèque annamite. Annam.

112 — Buffet-étagère, bois de fer sculpté; dessus de marbre. Provenant de Canton. Chine.

113 — Paravent à quatre feuilles en satin de Chine, broché à fleurs et oiseaux.